H

LE SOIR 2

Histoires à lire le soir 2

Texte et illustrations :
Marc Thil

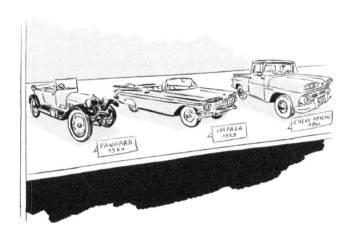

La collection de Léo

Léo est soigneux. Il a patiemment constitué sa petite collection d'automobiles miniatures. Il en a de toutes sortes : des anciennes et des nouvelles, des voitures de sport ou des voitures familiales, de toutes les couleurs et de toutes les formes.

Il en possède bien une quinzaine maintenant. Toute sa collection est disposée sur plusieurs étagères de sa chambre.

Au collège, Max lui a déjà demandé plusieurs fois :

— Tu me la fais voir, ta collection ?

— Je ne peux pas l'apporter ici, quand même ! répond Léo à chaque fois.

Mais aujourd'hui, Max a convaincu Léo qui a accepté :

— D'accord, j'apporterai trois petites voitures cet après-midi...

L'après-midi arrivé, durant la récréation, Léo déballe ses trésors : trois petites autos miniatures étincelantes. Tous s'approchent et admirent. Mais bientôt, chacun veut observer les maquettes de plus près. On se les passe de main en main. Le ton monte, certains se plaignent de ne pas les avoir vues.

Léo a la gorge serrée en voyant passer ses petites autos, sans ménagement, de l'un à l'autre. Elles sont si fragiles ! Alors, il s'exclame :

— Bon, ça suffit maintenant ! Rendez-lesmoi !

Mais sa voix se perd dans le brouhaha et il a bien du mal à récupérer sa collection.

Le soir, Léo est triste. Assis à son bureau, il contemple ses trois petites maquettes. L'une a son petit rétroviseur brisé, l'autre a son pare-chocs déglingué. Enfin, la troisième, une voiture décapotable couleur crème, a sa vitre fendue. Il a eu toutes les peines du monde à la reprendre à Kevin qui ne voulait plus la rendre.

Puis Léo repousse ses maquettes abîmées dans un coin et il se met à réviser sa leçon pour le lendemain.

Sur son livre de sciences, il regarde la photo d'un insecte très curieux qu'on appelle un « phasme ».

Qu'est-ce qu'un « phasme » ? C'est un petit insecte qu'on ne voit pas sur un arbre parce qu'il ressemble à un bout de bois, à une brindille. On dirait qu'il fait partie de l'arbre ! Et il faut vraiment regarder de près pour apercevoir les pattes du petit animal.

C'est comme cela, en se confondant avec la branche, en faisant croire qu'il n'est qu'un minuscule bout de bois, qu'il échappe à la vue perçante des oiseaux qui pourraient le manger !

Léo, intéressé, continue à regarder son livre : il n'y a pas que les « phasmes-brindilles », on trouve aussi des « phasmes-feuilles ». C'est le même principe, mais ces derniers se confondent avec les feuilles des arbres. Et, s'il se sent menacé, le phasme peut rester complètement immobile pendant plus d'une heure afin de se fondre parfaitement dans son environnement.

Brusquement, Léo lève le nez de son livre. Le phasme lui a appris quelque chose !

« Il y a des trésors et des secrets que l'on ne doit partager qu'avec ses meilleurs amis ! se dit-il, mais avec d'autres, il vaut mieux être discret et faire comme le phasme. »

Satisfait, Léo ferme son livre de sciences. Il a appris une bonne leçon !

Salade et balade

— Nathan, va à la ferme chercher une salade ! demande sa maman qui est très pressée.

Nathan ne se le fait pas dire deux fois. Il adore se balader avec son nouveau vélo. Et hop, le voilà parti sur la petite route goudronnée qui passe derrière son jardin.

En cinq minutes, il arrive et distingue devant lui les bâtiments de la ferme.

Le fermier, assis sur son gros tracteur, se prépare à partir. Nathan s'approche et parle très fort, car le moteur du véhicule fait beaucoup de bruit. De plus, le fermier n'est plus tout jeune, il est dur d'oreille et n'entend pas toujours bien.

— Bonjour Monsieur ! crie Nathan.

— Bonjour petit !

— Je voudrais une salade, dit Nathan.

— Parle plus fort, je ne t'entends pas !

— Je voudrais une salade ! Une salade ! crie Nathan.

— Une balade ? dit le fermier qui entend toujours aussi mal. Une balade en tracteur ! Monte !

Et le fermier prend Nathan sous les bras, le soulève et le fait asseoir à côté de lui, sur un tout petit siège.

Nathan est très étonné, mais il se dit : « Chic ! Une balade en tracteur. »

L'homme fait rouler le tracteur sur le chemin et Nathan est vraiment très content de cette promenade improvisée. Au bout d'un moment, le fermier s'arrête à l'entrée d'un champ pour voir ses vaches. Puis il remonte sur sa machine.

Nathan lui demande alors s'il peut conduire un petit peu le tracteur au retour. Le fermier est d'accord pour un court moment, mais en restant bien à côté de lui, prêt à reprendre le volant au moindre danger.

Nathan est content, très fier, car il conduit le tracteur tout seul sur quelques dizaines de mètres.

De retour, le fermier arrête le moteur. Nathan saute du tracteur et dit :

— Merci beaucoup pour la balade, mais j'allais oublier, maintenant il me faudrait une salade.

— Une salade ? Tu ne pouvais pas le dire plus tôt ! Viens !

Et le fermier entraîne Nathan dans le

champ à côté et cueille une salade.

Puis Nathan reprend son vélo et rentre à la maison.

— Tu as été bien long ! dit sa maman.

— C'est magique, maman !

— Qu'est-ce qui est magique, Nathan ?

— Une salade qui s'est transformée en balade !

Je suis nul en anglais !

Maman s'inquiétait souvent en voyant mes notes d'anglais et me disait :

— Pierre, qu'est-ce que tu fais en anglais ? Tu travailles au moins ?

Et puis je crois que par la suite, elle en a pris son parti, car j'ai quand même des résultats satisfaisants dans les autres matières. Moi, de mon côté, je me dis qu'on ne peut pas être bon partout !

J'ai toujours été très faible en anglais, avec beaucoup de mauvaises notes ! J'ai peut-être pris un mauvais départ avec cette langue.

Il m'arrive de regarder avec envie les autres élèves de ma classe qui savent déjà parler à peu près correctement anglais. Moi, quand vient mon tour, je m'exprime toujours lamentablement ! L'accent n'y est pas, les mots ont du mal à sortir de ma bouche, et le professeur est obligé de m'aider sans cesse...

Et ce qui est dur maintenant, quand je parle anglais en classe, c'est que tout le monde se met à rire, comme si j'étais un nul !

Alors, je redoute les cours d'anglais et je reste discrètement dans mon coin en espérant qu'on ne m'interrogera pas. D'ailleurs, on me sollicite de moins en moins. Moi, de mon côté, je me garde bien de lever la main pour intervenir.

À peu près au milieu de l'année scolaire, Victoria est arrivée dans notre classe. C'est une Anglaise dont les parents viennent de s'installer dans notre ville.

Victoria a des yeux clairs et quelques taches de rousseur. Elle parle assez bien le français, mais avec un drôle de petit accent qui déforme les mots et me fait sourire à chaque fois.

Les cours d'anglais ont changé depuis que la jeune Anglaise est arrivée. On lui demande de temps en temps d'intervenir ; évidemment, elle parle merveilleusement bien sa langue.

Un mardi matin, durant le cours d'anglais, je suis comme d'habitude dans mon coin, immobile, et cherchant à me faire oublier. Soudain, le professeur m'interroge :

— Pierre, lis la question de l'exercice 3 et essaye d'y répondre.

Ah, il faut que ça tombe sur moi ! Mais il fallait s'y attendre, ça fait longtemps que je n'ai pas été interrogé. Je suis inquiet. Je jette un petit coup d'œil du côté de Victoria. Elle me regarde... C'est la première fois qu'elle va m'entendre parler anglais. Que va-t-elle penser de moi ?

Je me lance avec courage et je lis deux ou trois mots avec difficulté. Je lève la tête et je vois que les autres commencent à sourire en m'entendant. Je continue comme je peux, puis je m'arrête... Le prof est obligé de m'aider. Je reprends la parole, mais je m'embrouille encore plus quand j'entends des élèves ricaner autour de moi...

Alors je m'arrête définitivement, et le prof donne la parole à quelqu'un d'autre.

Pendant tout ce temps, j'ai senti les yeux de Victoria qui se posaient sur moi. Mais elle ne riait pas, elle semblait même ennuyée pour moi.

Lorsque la récréation arrive, Victoria vient me trouver. Elle me parle de mes difficultés avec son drôle de petit accent qui me fait toujours sourire.

Et puis, elle propose même de m'aider !

Bien sûr, j'accepte. Et c'est comme ça que je retrouve Victoria une ou deux fois par semaine, soit chez moi, soit chez elle.

Au bout d'un mois, j'ai déjà fait des progrès étonnants, ma prononciation est toute différente.

En fin d'année, j'ai tellement pris d'assurance que j'interviens comme les autres dans le cours d'anglais. L'année suivante, je suis même devenu l'un des meilleurs de la classe dans cette langue.

En repensant à tout cela, je comprends que Victoria m'a appris quelque chose de bien plus important que l'anglais pour ma vie ! Car, à chaque fois que je suis en échec, je me dis : « Et si ce n'était qu'un obstacle à surmonter ? Moi, je suis capable d'y arriver, comme les autres ! »

Âge bête

Alicia aime bien parler avec son grand-père. Ce jour-là, ils sont assis sur la terrasse devant la maison.

— C'est dur au collège en ce moment ! dit Alicia.

Son grand-père, qui est assis sur un vieux fauteuil de rotin, se tourne vers elle, l'air inquiet.

— Pourquoi ?

— À cause de deux garçons de ma classe de cinquième : Raf et Totor, euh... je veux dire Rafaël et Victor... Ils font toujours les idiots ! Un moment, ça va, mais à longueur de temps, c'est pénible !

— Rafaël et Victor font les idiots ? C'est-à-dire quoi exactement ?

— Eh bien, ils font du bruit avec les tables, ils laissent tomber des affaires par terre... Ils disent des blagues bêtes...

— Ils ricanent bêtement... Ils écrivent des bêtises sur des bouts de papier, poursuit le grand-père, c'est bien ça ?

— Oui, exactement !... Bref ! J'en ai marre de Raf et Totor ! Et je ne suis pas la seule !

— Est-ce que tu les as connus les années précédentes ?

— Oui, on est ensemble depuis le CM1 au moins.

— Et ils étaient comment au CM1 ?

— Oh ! Raf était mignon, tout sage avec

ses cheveux noirs bouclés. Totor était parfois un peu agité, mais il était content d'apprendre...

— Ils ont donc bien changé !

— Oh oui, si tu les voyais maintenant !

— Raf et Totor sont donc en plein âge ingrat, ce qu'on appelle aussi l'âge bête !

— C'est quoi, l'âge bête ?

— Ça arrive quand on passe de l'état d'enfant à l'état d'adulte, on ne sait pas trop où l'on en est... On se cherche, ce n'est pas une période facile...

Après un instant, comme s'il se remémorait ses souvenirs, le grand-père reprend :

— Oui, c'est même une période bien difficile pour certains, et pour leur famille aussi, car on découvre que les parents sont loin d'être parfaits et qu'ils ont aussi leurs défauts, comme tout le monde... Alors, on écoute plus les copains, on fait comme eux en pensant que ses parents ont tort et qu'ils ne comprennent rien... parce qu'on se croit très malin ! Tu comprends ça ?

— Bien sûr, mais continue, répond Alicia.

— Eh bien, tous ne vivent pas cette période de la même façon, reprend le grand-père en se calant confortablement dans son fauteuil.

Écoute, je vais te raconter un souvenir de mon âge bête, j'avais à peu près treize ans... Bon, un jour, j'apporte un pistolet au collège, un faux, bien sûr, en plastique... mais il tirait quand même de petits plombs avec de l'air comprimé, à l'aide d'un ressort...

Bref, devant les copains, je fais le malin avec mon pistolet. Je me mets dans un coin de la cour, loin des surveillants, et je tire dans le tronc d'un arbre : le plomb s'est enfoncé dans l'écorce.

D'autres élèves arrivent pour voir. On me demande de recommencer à tirer.

J'étais un héros avec mon pistolet ! Je bravais l'école et tous ses règlements...

Et là, le grand-père se met à rire comme s'il était revenu à cette époque passée. Un petit rire qui augmente et qui le secoue tout entier en faisant trembler son fauteuil.

Puis le grand-père reprend, le sourire aux lèvres et les yeux brillants :

— Remarque, ça s'est mal terminé ! Avec tout le monde autour de moi, un surveillant vient voir ce qui se passe. Il me confisque d'abord mon pétard. Convocation des parents et tout le reste... On ne m'a pas renvoyé parce que j'étais un bon élève par ailleurs...

Le grand-père est de nouveau secoué par de gros rires et son vieux fauteuil de rotin tremble dangereusement dans tous les sens.

Et crac ! Brusquement, le fauteuil se casse et le grand-père se retrouve par terre… Heureusement sans mal !

Cette fois, c'est Alicia qui a le fou rire, puis elle remarque :

— Toi, de repenser à cet âge-là, ça te fait du bien. Il y a longtemps que tu n'as pas ri comme ça !

— C'est vrai ! dit le grand-père en se relevant.

Et avec un petit sourire, Alicia conclut :

— Finalement, l'âge bête, ce n'est peut-être pas toujours aussi bête qu'on le dit !

Arrête de te plaindre !

Je me plains souvent. Pourtant, je n'y vois aucun mal. Même si Maman me dit régulièrement : « Sophie, arrête un peu de te plaindre ! », ça n'y change rien.

Je me plains pour toutes sortes de choses : le temps qu'il fait, quand il faut se lever le matin, quand il faut attendre dans le froid le car pour aller à l'école, quand il y a un cours que je n'aime pas bien, quand il y a un service à rendre...

Mon rêve, ce serait d'avoir un endroit calme où je pourrais faire tout ce que je veux, quand j'en ai envie !... Une sorte d'île déserte où l'on ne viendrait plus m'ennuyer en me forçant à faire des choses qui ne me plaisent pas...

Bref, je ronchonne beaucoup ; les occasions de se plaindre sont tellement nombreuses !

Et puis un jour, l'année de mes onze ans, quelque chose m'est arrivé : des douleurs persistantes au ventre. Maman prend tout de suite rendez-vous avec le médecin : il diagnostique une appendicite aiguë !

Je suis conduite d'urgence à l'hôpital et opérée.

Deux jours plus tard, retour à la maison. Une période de convalescence commence. Elle doit durer au moins une dizaine de jours...

Je me retrouve dans ma chambre, couchée la plupart du temps, surtout au début. Maman est aux petits soins pour moi, comme le reste de la famille d'ailleurs.

Elle apporte dès le matin mon petit déjeuner sur un plateau en ouvrant les rideaux pour que le soleil entre dans la pièce. Après, en attendant le repas de midi, je peux faire tout ce que je désire, excepté me lever trop longtemps, surtout dans les premiers jours.

Finalement, j'ai un peu obtenu ce que je voulais avant. On ne m'impose plus aucune corvée : plus de rangement de chambre ! Plus de vaisselle ! Plus de nettoyage !

J'occupe mes journées exactement comme je veux.

Faire tout ce que je désire, sans contraintes, m'avait toujours semblé l'idéal. Eh bien, je me rends compte que c'est tout le contraire, vraiment le contraire !

Pourquoi ? Eh bien, d'abord, parce que je commence à m'ennuyer ; ce genre de vie n'est pas si agréable que ça ! On se sent inutile, on laisse tout faire aux autres...

Chaque jour, ma plaie se cicatrise un peu plus et je vois avec plaisir le moment où je vais pouvoir courir de nouveau et tout faire comme avant !

J'ai aussi réfléchi durant ce petit temps de repos imposé... et j'ai même presque arrêté de me plaindre ! Maman l'a remarqué.

Ce que j'ai compris ? Eh bien, je crois que tout participe à la vie, les moments de détente comme les corvées, la pluie comme le soleil, les temps où l'on peine sur les devoirs comme les temps de récréation... L'un ne va pas sans l'autre.

Bref, depuis cette maladie, je me plains beaucoup moins... mais cela m'arrive encore, et même peut-être trop souvent, me dit maman ! Pourtant quelque chose a changé : dans ces moments-là, je repense à tout ce que j'ai appris, couchée sur mon lit à onze ans... et je me remets alors à sourire à la vie !

Sirop de cassis

Aujourd'hui, il fait très chaud. Solène, qui joue dans le jardin, rentre en trombe dans la cuisine. Elle ouvre le réfrigérateur, prend la carafe d'eau bien fraîche et cherche le sirop de cassis, mais sans le trouver.

« Où est-il ? se demande-t-elle, il était pourtant là hier. »

Solène se contente d'un verre d'eau puis

retourne jouer dehors. Le jardin est vaste et se poursuit jusqu'au bord d'une petite rivière toute propre qui coule à l'ombre de grands arbres.

Juste au bord de l'eau, elle aperçoit son petit frère Cyrille en train de tenir quelque chose.

— Mais on dirait la bouteille de sirop ! murmure Solène.

Elle s'approche, c'est bien ça... Mais Cyrille est en train de verser le sirop par terre dans l'herbe !

Solène bondit vers son petit frère.

— Qu'est-ce que tu fais encore comme bêtise ?

— Rien ! Juste une expérience.

— Avec du sirop de cassis ?

— Oui, on m'a dit qu'on pouvait attirer des fourmis avec du sirop. Regarde, c'est vrai !

Solène observe avec attention. Effectivement, de nombreuses fourmis minuscules s'agglutinent autour du sirop, attirées par le sucre. Elle se laisse prendre par le spectacle durant quelques minutes. Les fourmis vont et viennent, s'affairent sans cesse. On dirait même que certaines repartent prévenir les autres.

Mais soudainement, Solène est distraite par Cyrille qui vient de saisir un pot de verre rempli d'une chose grisâtre.

— Qu'est-ce que c'est ?

— De la cendre que j'ai récupérée dans la cheminée, dit Cyrille en la faisant tomber sur le sirop.

— Mais arrête, c'est dégoûtant ! Pourquoi mets-tu ça sur le sirop ?

— C'est encore une de mes expériences. Je voudrais voir ce que ça fait, de la cendre mélangée au sirop !

Et avec ses mains, il étale la cendre sur le sirop de cassis. Ses mains sont grises et gluantes.

Il regarde de plus près ses deux mains collantes et les approche de son visage. Que va-t-il faire ? Brusquement, il commence à goûter le mélange couleur de boue. Il a l'air de trouver ça bon, car voilà qu'il lèche ses mains.

Solène, qui s'était éloignée un instant, n'a pas eu le temps d'intervenir ! Le bambin est déjà tout barbouillé. Ses mains, son visage sont couverts du mélange de sirop et de cendre. Il est tout sale, tout collant et il continue !

Quand elle voit Cyrille ainsi, Solène n'y tient plus. Elle le saisit sous les bras et s'approche de la rivière.

— Ça suffit maintenant !

Elle le plonge dans l'eau pour le laver. Elle le lâche sur l'herbe dès qu'il est propre.

Cyrille, trempé, dégoulinant d'eau, court à toute vitesse vers la maison en hurlant :

— Maman, maman !

Solène le regarde courir un instant, puis elle récupère la bouteille de sirop vide en murmurant, avec un petit sourire :

— Lui qui aime les expériences, il se sou-
viendra de celle-ci, j'en suis sûre !

Le billet de train

Je suis en colonie de vacances : une immense bâtisse ressemblant à un gros chalet au milieu des sapins, des rochers et des torrents.

C'est le dernier soir, nous sommes dans des chambres de quatre garçons et nous discutons entre nous.

Le lendemain, nous devons repartir par le

train, mais moi, j'ai l'autorisation de mes parents pour prendre un autre train afin de faire un détour. En effet, je veux voir un ami que j'ai perdu de vue depuis l'école primaire, car il a déménagé.

En parlant de cela avec les trois autres garçons de la chambre, je sors les horaires des trains. Maman a tout préparé... tout comme l'argent pour prendre le billet.

Mais soudain, je repense à toutes les dépenses que je viens de faire durant le séjour : beaucoup trop !

Un peu affolé, j'ouvre mon porte-monnaie et compte ce qui me reste : un petit billet et quelques pièces...

Sur la feuille où maman a recopié les horaires, elle a noté : « Ne dépense pas le gros billet, garde-le bien pour ton voyage en train ! »

Mais ce gros billet a disparu ! Je viens de me rappeler que je l'ai dépensé pour acheter des souvenirs !

Je dois avoir l'air plutôt abattu, car les autres me demandent ce qui ne va pas. J'explique tout.

Alors, l'un des garçons, Alex, plutôt discret, et qui ne fait pas partie de ceux avec qui je joue habituellement, se lève. Il ouvre son sac, fouille dedans et me tend un billet de banque :

— Je n'en ai pas besoin ! Avec ça, tu pourras prendre ton train.

J'hésite avant d'accepter.

— Euh... Merci, Alex... mais tu es sûr que ça ne te manquera pas ?

— Mais non, ne t'en fais pas !

Je prends le billet et remercie beaucoup Alex. Puis comme il est tard, on se prépare à dormir.

Le lendemain, dans la précipitation du départ, j'ai à peine le temps de le saluer et de le remercier encore, car je dois vite sauter dans le premier car qui part à la gare.

Grâce à l'argent d'Alex, j'ai pu prendre

sans problème mon billet de train et faire ma visite…

Je n'ai jamais revu Alex. Comme on venait des quatre coins du pays dans cette colonie de montagne, on n'avait même pas pensé à échanger nos adresses. Et dans la précipitation du dernier jour, j'avais même oublié de lui demander son adresse pour pouvoir le rembourser ! Je m'en voulais pour ça !

Plusieurs mois sont passés et puis, il n'y a pas si longtemps, tout à fait par hasard, j'ai rencontré l'un des garçons qui était présent ce soir-là.

Voici ce qu'il m'a dit :

— Tu sais, le garçon qui t'avait passé de l'argent pour ton billet de train…

— Oui, Alex...

— Eh bien, il t'avait donné tout l'argent qui lui restait…

— Mais il m'avait dit qu'il n'en avait pas besoin ! Je m'en souviens très bien ! Il a même insisté…

— Il a dit ça pour que tu acceptes !... Tu sais, le lendemain, j'étais avec lui dans la grande salle, avec les billards et les baby-foot. J'ai vu qu'il était gêné, il ne pouvait rien se payer !... Alors, je l'ai questionné et j'ai compris qu'il t'avait donné tout ce qu'il avait…

Plus tard, j'ai repensé à cette histoire. J'étais passé à côté de quelqu'un de généreux sans vraiment y faire attention, sans même le remarquer...

Pourtant, sans le vouloir, Alex m'a donné une leçon : quand je repense à son geste, mon cœur s'ouvre... Et c'est un peu grâce à lui si je donne, de temps à autre, quelque chose de bon cœur !

La fleur qui imite l'insecte

Aujourd'hui, à la télévision, je regarde une émission sur la nature. On parle d'une plante très curieuse, une belle fleur… C'est une orchidée qu'on appelle l'ophrys, drôle de nom, étrange fleur !

Une fleur tout à fait normale en apparence et qui est pourtant extraordinaire...

Un gros insecte est posé sur l'une des

feuilles du haut. C'est une sorte de guêpe, mais cette guêpe ne bouge jamais, car c'est une fausse guêpe !

Si l'on examine l'insecte de plus près, on s'aperçoit qu'il fait partie de la plante. C'est la plante qui l'a voulu comme ça sur sa feuille, et cette fausse guêpe a même l'odeur de la guêpe femelle !

Mais alors pourquoi cette fausse guêpe ?

J'écoute l'explication. La plante, pour se reproduire, a besoin des abeilles, mais les abeilles n'aiment pas son pollen ! Alors la plante va utiliser les services d'une certaine guêpe.

Et voici ce que j'observe : une guêpe mâle s'approche de la plante et se pose sur la fausse guêpe, croyant que c'est une femelle ! Mais le mâle s'aperçoit assez vite que ce n'est pas ce qu'il croyait, et il s'envole !

Mais la guêpe a rendu le service qu'attendait la fleur : en se posant, elle a, sans le vouloir, détaché de minuscules graines (le pollen) qui sont venues se coller sur elle et qu'elle dépose au passage sur le pistil de cette fleur ou d'une autre. Comme ça, la plante pourra se reproduire !

C'est extraordinaire, tous les efforts que fait cette fleur pour faire transporter son pollen !

Mais moi, je ne suis pas satisfait à la fin de l'émission de télévision : le plus important, ils n'en ont rien dit !

J'aimerais qu'on m'explique comment la plante a fait pour imiter la guêpe. Une plante n'a ni œil pour voir ni tête pour penser. Alors comment a-t-elle fait pour imiter l'insecte et son odeur ?

Le lendemain, je décide d'en parler, en fin d'heure, à mon prof de sciences. Je lui pose ma question :

— Comment la plante a-t-elle fait pour imiter l'insecte ?

— La plante a imité l'insecte pour qu'il transporte le pollen...

— Ça, je le sais, mais comment la plante peut-elle imiter l'insecte puisqu'elle n'a ni tête pour penser ni yeux pour voir ?

— C'est la nature qui veut ça, l'évolution...

Je repars avec mes questions en tête, car le prof a utilisé de belles phrases, mais il n'a rien expliqué du tout !

Je cherche alors sur internet et je comprends qu'on sait beaucoup de choses sur les orchidées : leurs tailles, leurs couleurs, où elles se plaisent, comment elles se reproduisent... mais rien, rien du tout qui répond à ma question.

Alors le soir, je pose de nouveau ma question, cette fois à papa :

— Comment font les orchidées pour imiter les insectes puisqu'elles n'ont ni tête pour penser ni yeux pour voir ?

Papa prend un petit moment pour réfléchir, et puis il me répond :

— Peut-être sommes-nous tous reliés dans la nature... Peut-être y a-t-il des liens invisibles, de l'intelligence qui circule entre tous les êtres vivants... Peut-être... Peut-être...

Puis papa se rapproche de moi, l'air amusé :

— Tu vois, il n'y a que des « peut-être »... La vérité, c'est que personne ne peut répondre à ta question, tout simplement parce qu'on n'en sait rien !

Enfin, une réponse vraie : on n'en sait rien ! Je m'en doutais un peu puisque personne n'en parle...

Ce jour-là, j'ai compris que nous étions environnés de millions de mystères inexpliqués ! Et c'est aussi ce jour-là que j'ai décidé de devenir un chercheur dans les sciences de la vie et de la terre !

On ne veut pas de toi !

— Va-t'en d'ici, espèce de nul !

— On ne veut pas de toi dans l'équipe…

— File ou je te donne une raclée !

C'est dur d'entendre cela quand on a dix ans...

Certains enfants de ma classe sont cruels avec moi depuis qu'ils ont compris que je me défendais très mal. Je ne suis pas très fort et pas toujours très sûr de moi.

J'ai bien un ou deux copains dans la classe, mais comme moi, ils ne font pas le poids face aux plus grands !

Moi, je ne suis pas mauvais en classe, mais c'est en récréation ou sur le terrain de sport que ça ne va pas. Malgré tous mes efforts, j'ai du mal à rattraper ou à lancer une balle correctement. Alors, on n'aime pas m'avoir dans une équipe.

Pourtant, je me dis qu'il n'y a pas que le sport dans la vie... On dirait que pour certains, la vie se résume à un ballon ! Pas pour moi !

Mais ma réputation est faite et je ne sais plus trop quoi faire pour éviter ces moments pénibles : c'est dur de se sentir rejeté !

Le soir, quand je rentre à la maison, je suis parfois triste. Mais, par fierté, je ne dis rien à mes parents ni à personne d'ailleurs. J'ai tort, car je sais au fond de moi qu'ils pourraient m'aider...

Cette situation a duré plusieurs mois.

C'est difficile, mais on arrive un peu à s'habituer à tout lorsqu'il le faut… Parfois, j'ai le cœur si gros d'avoir été repoussé que mes larmes coulent silencieusement, le soir, quand la lumière vient de s'éteindre.

Heureusement, j'ai un bon copain qui s'appelle Ted. Il est grand et fort. Il est même plutôt bon en sport, mais, comme moi, il n'aime pas trop les jeux de ballon.

Ted m'invite un jour à venir avec lui, chez son oncle. Il m'a simplement dit que je verrai quelque chose qui m'intéresserait beaucoup.

Je suis impatient de savoir ce que c'est… Quand on arrive chez son oncle, il nous fait tout de suite entrer dans une grande pièce.

Et immédiatement, je suis ébloui par quelque chose d'extraordinaire !

Il a réservé une pièce entière dans sa maison pour son passe-temps favori. Cette salle contient un gigantesque circuit avec toutes sortes de trains miniatures qui roulent sur de petits rails, rentrent dans des tunnels, s'arrêtent puis repartent pour un autre tour. De petites gares, de petites maisons, des arbres sont éparpillés un peu partout et forment un monde miniature merveilleux !

Cette journée allait être suivie de beaucoup d'autres. Avec Ted, je suis souvent revenu chez son oncle.

Et peu à peu, voyant notre intérêt, il nous apprend tout ce qu'il connaît. Il nous montre comment construire toutes sortes de petits bâtiments avec du carton, du bois et de la colle. Il faut d'abord recopier sur une plaque de carton les éléments du plan. Ensuite, il faut découper les pièces, les assembler et les peindre. Une fois la petite construction terminée, qui peut être une gare ou une maisonnette, il faut l'insérer dans le circuit. Avec Ted, on est passionnés !

Peu à peu, je me sens mieux et je reprends confiance en moi. Ça se passe bien à l'école. Et je joue même un tout petit peu mieux au ballon, même si je n'aime toujours pas trop ce genre de jeu...

Maintenant, moi aussi, j'ai une vie intéressante, j'ai des choses à dire. J'ai une passion !

Du coup, la suite de l'année scolaire s'est bien mieux passée... Et tant pis pour ce que les autres pensent de moi, car maintenant je suis heureux avec ma vie et mes activités !

Maintenant, quand j'entends : « On ne veut pas de toi dans l'équipe ! », ça ne m'embête plus, car je sais que je suis bon dans d'autres domaines ! Et puis, il n'y a pas que le ballon dans la vie, il y a bien d'autres choses tout aussi intéressantes, vous ne croyez pas ?

Mon ami Ulysse

J'aime me promener dans la campagne avec mon ami Ulysse. Habituellement, on part derrière la maison, sur un sentier bordé de genêts et de hautes herbes. Puis on arrive près d'un vieux pont de briques. Sous le pont passe la petite voie ferrée d'un train touristique.

Quand on entend le bruit d'un train qui arrive, on s'arrête et on regarde de tous nos yeux. Il y a d'abord, au loin, le panache de fumée. Puis la machine à vapeur apparaît, elle crache et souffle de la vapeur blanche de ses flancs.

Enfin, dans un fracas épouvantable, la locomotive noire passe devant nous, tirant deux voitures de voyageurs. Ulysse et moi, nous avons les yeux écarquillés et nous ne perdons rien du spectacle.

Aux fenêtres des voitures, des mains s'agitent en nous voyant. Ce sont des touristes avec de nombreux enfants. Je leur réponds en faisant signe à mon tour.

Mais rapidement, le train s'éloigne, le bruit diminue. Bientôt, on ne distingue plus qu'un peu de fumée au loin. Alors, Ulysse et moi, nous reprenons notre promenade.

Je suis heureux de marcher en pleine nature, sur le chemin bordé de plantes sauvages. D'ailleurs, Ulysse est comme moi : il aime sortir par tous les temps et ses yeux clairs s'illuminent dès que nous sommes au grand air.

Comme moi, c'est un vrai sportif, mais il sait m'attendre quand il voit que je marche un peu en arrière. En effet, j'ai toujours un peu de mal à le suivre, car il est plus rapide que moi. C'est un bon marcheur, un vrai randonneur qui adore se promener dans la campagne.

Il y a un seul problème : c'est maman, car elle n'apprécie pas toujours mon ami Ulysse.

La preuve ? La dernière fois qu'Ulysse a voulu rentrer dans la maison, voici ce qu'elle lui a dit :

— Dehors !

— Oh ! Maman...

— J'ai dit : dehors !

— Maman, ne dis pas des choses pareilles !

Mais il n'y avait pas à discuter…

Alors, un peu à contrecœur, j'ai accompagné mon chien Ulysse jusqu'au fond du jardin, là où se trouve sa niche.

Le trèfle à quatre feuilles

C'est un tout petit cadre en bois avec un trèfle à quatre feuilles pressé sous une minuscule vitre. Ce trèfle est un petit trésor pour moi parce que c'est Thomas qui me l'a donné.

Il me l'a offert spontanément, alors que j'étais avec lui en CM2 dans une autre école. Ce jour-là, je ne l'ai pas oublié. Je revois ses

yeux brillants, son sourire. Il a simplement
dit :

— C'est pour toi, Julia !

Il a ensuite brusquement tourné les talons,
me laissant seule avec le petit trèfle.

Par la suite, une amitié est née entre nous.
J'ai appris que c'était lui qui avait trouvé le
trèfle ; c'était lui aussi qui avait confectionné
le cadre avec la petite vitre qui le protégeait.

Mais à la fin de l'année scolaire, on ne
s'est plus revus parce que j'avais changé de
ville et d'école. Mais, même maintenant, je
sais qu'il me suffirait de revoir Thomas pour
que tout soit comme avant.

C'est cela une amitié, c'est comme une
pierre précieuse qui brille toujours, les années peuvent passer, cela n'y change rien.

Et voilà qu'aujourd'hui, Lucie, qui est passée me voir à la maison, tient mon trésor à la
main. Elle vient de le prendre sur mon bureau et l'observe.

— Comme c'est mignon !

Et puis quelques secondes après :

— Je vais t'aider à faire ton exposé, tu sais !

C'est moi qui lui ai demandé de m'aider…

Elle continue à tourner et à retourner le petit cadre entre ses mains.

— Je serais si contente de l'avoir, ce petit trèfle, a-t-elle murmuré.

Puis, se tournant vers moi :

— Julia, je vais prendre du temps pour t'aider à faire ton exposé. Tu ne crois pas que ça mérite quelque chose…

Je comprends. Elle veut mon petit trèfle !

Je m'écrie intérieurement : « Non, je ne peux pas ! » Et puis, je repense au geste de Thomas : il m'a offert le trèfle… gratuitement. Il me l'a donné parce qu'il savait que ça me ferait plaisir.

Alors, très vite, sans trop réfléchir, je dis :

— Je te le donne !

Lucie me remercie puis fait vite disparaître le petit cadre dans sa poche.

Plus tard, seule, je regrette mon geste. Je suis triste sans trop savoir pourquoi. Et puis, en y réfléchissant, je comprends : Thomas m'a offert ce cadeau spontanément, sans rien attendre en retour.

Au contraire, j'ai l'impression que Lucie m'a accordé son aide contre ce petit cadeau. C'est donc bien différent.

L'amitié, les cadeaux, ça doit être gratuit !

Comme je me sens mal à l'aise, je décide d'en parler à Lucie.

Elle me regarde d'un air contrarié.

— Alors toi, Julia, tu donnes les choses pour les reprendre ?... Et l'exposé, tu l'oublies ?

— Non, je ne l'ai pas oublié... et je t'en remercie encore. Mais... je me rends compte que je tiens beaucoup à ce petit trèfle...

— Donné, c'est donné ! répond Lucie en fronçant les sourcils.

Puis elle part.

Après, je n'ai plus beaucoup revu Lucie.

Nous nous sommes perdues de vue l'année suivante, car nous n'étions plus dans la même classe.

Mais il s'est passé une chose étrange par la suite. Bien plus tard, alors que j'avais complètement oublié cette histoire, un tout petit colis arrive un samedi matin à la maison.

En l'ouvrant, quelle surprise !

C'est mon petit trèfle, bien emballé.

Il est accompagné d'un petit papier avec ces quelques mots :

Je suis contente de te le rendre.
Lucie

Je suis heureuse, bien sûr, de retrouver mon trèfle à quatre feuilles… mais heureuse aussi pour Lucie qui a compris que l'amitié ou les cadeaux, ça doit toujours être gratuit. Puis, un bref instant, comme dans un éclair, je revois Thomas m'offrir le petit trèfle et partir tout de suite après, sans rien attendre en échange.

Une visite

Il est là devant moi, Alfie, couché sur un lit d'hôpital, relié à toutes sortes de tubes et d'appareils. Des pansements entourent une partie de sa tête et de ses membres.

Quand j'ai appris qu'Alfie, un garçon de ma classe, avait eu un accident de voiture avec son grand-père, j'ai été très choquée et très inquiète. J'ai tout de suite pensé à lui faire une petite visite, mais je ne m'attendais pas à le voir comme cela !

Sa figure est pâle, ses yeux sont fermés. J'ai du mal à le reconnaître. Une fois l'infirmière sortie, je m'approche de lui et pose la main sur la sienne. Je murmure :

— Alfie !... C'est moi, Charlotte…

Il ouvre alors les yeux et me reconnaît tout de suite. Il commence à me parler, mais avec difficulté, en s'arrêtant souvent :

— Ah, c'est toi... Charlotte !... Assieds-toi... Je suis tellement content de te voir…

On a discuté ainsi un moment, de tout et de rien, mais je vois bien qu'il est très fatigué. Il s'anime un peu en parlant et puis retombe dans une sorte de faiblesse, s'arrêtant de parler et fermant les yeux.

Un moment plus tard, il ouvre de nouveau les yeux et se remet à parler d'une voix faible.

Il me raconte l'accident, ce dont il se souvient. Il y a eu un choc terrible, un grand bruit, puis plus rien...

Il a oublié tout le reste.

Après, il s'est réveillé sur ce lit d'hôpital. Quand il a ouvert les yeux, il a vu une infirmière qui lui souriait… Voilà tout ce dont il se souvient.

Moi, en l'écoutant, je vois tous ces appareils autour de lui, ses pansements, sa figure pâle… Alors, je suis inquiète, je ne peux pas retenir mes larmes de couler...

Quand il voit que je pleure, Alfie me serre la main.

— Ne pleure pas, Charlotte !… Je suis bien ici... je suis bien soigné…

Et pour me montrer qu'il va bien, il me raconte toutes sortes de petites histoires qui me font sourire et même rire.

Lui, il a son visage qui s'anime et ses yeux qui brillent. Moi, j'ai oublié un instant tous les pansements et les tubes qui l'entourent ; je suis contente.

Il me parle encore un peu et puis une infirmière entre, disant que je dois partir, qu'il fallait que je le laisse se reposer.

En me disant au revoir, il me sourit et me rassure encore :

— Ne t'inquiète pas pour moi... Je vais bien.

Je suis très émue en quittant Alfie. J'étais venue pour le réconforter et c'était le contraire qui s'était passé !

Histoire interrompue

Une voix en provenance du salon retentit :

— Rémi, n'oublie pas que tu dois réviser tes règles d'orthographe avant de te coucher !

— Oui, maman, ne t'en fais pas !

— Et les conjugaisons aussi, si tu as du temps !

— D'accord, maman !

Rémi est déjà au lit, confortablement installé, un bon oreiller sous la tête, une feuille entre les mains.

— Bon, règle 28 : On trouve souvent la dernière lettre d'un nom ou d'un adjectif au masculin en le mettant au féminin ou en le rapprochant d'un mot de la même famille. Exemple : chant, chanter ; pris, prise... C'est facile et utile, ça !

« Règle 29 : On accorde le verbe avec son sujet. On trouve le sujet en posant la question : Qui est-ce qui ? ou Qu'est-ce qui ? avant le verbe. Facile aussi… Exemple : Dans la campagne volent des hirondelles. Qu'est-ce qui volent ? Réponse : des hirondelles. Le verbe « volent » s'accorde donc avec le sujet au pluriel « hirondelles ».

« D'accord, on passe à la règle suivante… Règle 30 : Un verbe qui a plusieurs sujets s'accorde avec...

— Zzzzz, rrrrr...

— Rémi ?

— Zzzzz, rrrrr...

Table

**Découvrez dans les pages suivantes un extrait
du livre *Histoires à lire le soir 3***

Un monde miniature

« Tu vas de nouveau regarder les petits trains ! »

J'entends encore la voix moqueuse de Charlène, ma sœur. C'est vrai, je vais de temps à autre voir mon grand-père Francis qui est modéliste. Passionné par les trains en modèles réduits, il a consacré une petite pièce de son appartement pour ses réseaux miniatures.

C'est lorsque je sonne à sa porte que me revient cette phrase de Charlène, son ton narquois et son air moqueur, un peu comme si regarder défiler les trains miniatures était réservé aux gens stupides.

C'est encore à cela que je réfléchis lorsque mon grand-père m'ouvre la porte. Grand-père est souriant. Non, assurément, il n'est pas stupide. C'est, à mon avis, un homme bon, intelligent et qui sait apprécier la vie.

Oui, mais... regarder les petits trains, c'est réservé aux enfants, pense-t-on, alors que grand-père n'est plus un enfant depuis longtemps !

Je m'avance dans la fameuse pièce où sont installés les réseaux miniatures de grand-père. Tout de suite, mes yeux brillent d'admiration devant une machine à vapeur tractant un wagon, sur une petite voie ferrée bordée d'arbres et de prés.

— Attends-moi un moment, lance mon grand-père Francis.

Il revient au bout d'une minute.

— Regarde ma dernière acquisition : une locomotive de manœuvre.

Il me présente une petite locomotive reproduite à la perfection, toute verte avec des bandes jaunes. Son gros capot couvre un énorme moteur entouré d'un garde-corps. La petite cabine est garnie de minuscules vitres munies d'essuie-glaces.

Il me fait remarquer la petite plaque signalétique de l'engin comme sur les vrais modèles ainsi que la qualité de tous les détails. Un seul regret : les phares ne s'allument pas. Je contemple, fasciné, ce petit bijou. J'apprends que la machine est surnommée « yo-yo », à cause des multiples allers et retours qu'elle effectue dans les gares.

Puis je regarde de nouveau les trains rouler. Je m'émerveille devant ce monde miniature : les voies ferrées bien entretenues, le champ avec son petit tracteur immobile, le petit chemin bordé d'arbres avec ses deux promeneurs...

Mon grand-père a créé de la beauté, de l'art, comme il dit... Bien sûr, ce n'est pas le genre d'art que l'on peut voir dans les musées, ce qui est bien dommage… mais peut-être un jour, qui sait ?

Il a créé un tout petit monde à lui, un peu à son image. Et tout cela, il le partage, c'est son talent.

Alors, regarder les petits trains, en être fasciné, oui, bien sûr, cela n'a rien de stupide !

Et d'ailleurs, quand le monde sera trop dur, j'irai encore une fois m'émerveiller devant celui qu'a créé mon grand-père Francis, et cela me fera du bien, beaucoup de bien...

Les orties

Thomas et sa cousine Alice sont dans le jardin bordant la petite rivière qui serpente au milieu de hautes herbes. Derrière eux, en hauteur, on aperçoit le joli chalet où ils passent leurs vacances.

Thomas voudrait bien rejoindre la rivière, mais un énorme massif d'orties l'en empêche. Alors, il décide de prendre un bâton. Il abat furieusement toutes les orties qui lui bouchent le passage, tout en rageant :

— Qu'elles sont bêtes, ces orties !

Les orties se couchent et Thomas commence à avancer. Mais, sans faire attention, en les écartant avec son bâton, il en a touché quelques-unes. Il ressent bientôt les brûlures vives causées par les orties. Sa main droite est pleine de boutons rouges qui le font souffrir.

Tout à coup, il s'arrête, abasourdi.

Alice est là, à quelques mètres de lui, et elle marche tranquillement au milieu des orties ! Elle en cueille même quelques-unes sans se faire piquer !

Le garçon se frotte les yeux. Que se passe-t-il ? Alice est-elle inconsciente ?

Thomas s'écrie :

— Alice, ne touche pas les orties, tu vas te piquer !

La fillette se tourne vers Thomas et lui sourit d'un air malicieux.

— Viens, les orties ne te feront aucun mal. Pour ça, j'ai un truc... magique !

Thomas n'y croit pas trop, mais sa curiosité est la plus forte. Il rejoint Alice en plein milieu du champ d'orties. Devant lui, elle cueille une poignée d'orties sans aucun mal. Médusé, le garçon s'interroge.

— Je ne comprends pas. Comment fais-tu pour ne pas être piquée ?

— J'ai un truc. Approche ta main.

Thomas, réticent, tend un peu le bras. la fillette l'encourage.

— Approche, approche encore !

Puis Alice prend la main gauche de Thomas, celle qui n'a pas été piquée par les orties. Elle souffle longuement sur la main du garçon et déclare :

— Maintenant, tu peux prendre les orties sans être piqué !

— Juste parce que tu as soufflé sur ma main ? Tu te moques de moi ! répond Thomas, mécontent.

— Pas du tout, réplique Alice.

Elle approche alors un brin d'ortie de la main du garçon, le passe et le repasse sur sa main.

— Mais elle ne pique pas, ton ortie, s'exclame Thomas, stupéfait. Dis-moi comment tu as fait ?

Alice se plante devant son cousin, en agitant toujours la touffe d'orties qu'elle tient dans la main. Elle le regarde un instant sans rien dire, puis déclare :

— Tu ne lis pas beaucoup, Thomas... Moi, j'ai appris des tas de choses dans les livres !

— Quel rapport avec les orties ?

— Viens ! dit Alice en prenant le garçon par la main. Je vais t'expliquer.

Et elle l'entraîne vers le chalet.

Alice ouvre une encyclopédie pleine d'illustrations, le livre des questions et des réponses, puis elle dit :

— Maintenant, je vais tout t'expliquer... Tu vois ce dessin : c'est la feuille de l'ortie. Dessus, il y a de minuscules ampoules, fragiles comme du verre. Elles sont en forme de cônes très pointus... Quand tu passes ta main sur ces petites ampoules, elles se cassent et libèrent un liquide qui déclenche des brûlures. C'est comme ça que l'ortie se protège des animaux et des hommes. On la laisse tranquille... Mais l'ortie est aussi très utile, elle peut servir en médecine, comme engrais, ou même comme aliment : on peut la manger en soupe ou comme des épinards.

— D'accord, dit Thomas. Mais ça ne m'explique pas pourquoi...

— Laisse-moi terminer, coupe Alice... Vois-tu, il y a aussi une autre sorte d'ortie, qui n'en est pas vraiment une, et qu'on appelle « ortie blanche » ou « lamier blanc ». Elle ressemble beaucoup à l'ortie qui pique. On peut quand même la différencier au printemps grâce à ses fleurs blanches et aussi à sa tige un peu plus claire...

— J'ai compris ! s'exclame le garçon. Tu m'as fait toucher des orties blanches !

— Exactement ! Et sais-tu que les orties blanches poussent bien souvent au milieu des vraies orties ? Alors, elles n'ont même pas besoin de se fatiguer à fabriquer de petites ampoules avec du liquide qui brûle. On croit que ce sont de vraies orties et tout le monde les laisse tranquilles !

Un peu admiratif, Thomas regarde Alice et puis il murmure :

— Quand je pense que tout à l'heure, j'ai dit que les orties étaient bêtes. Elles sont au contraire très malignes de se défendre comme ça !

Alice se met à rire.

— Oui, c'est toi qui étais bête de dire ça... Non, plutôt ignorant, tu ne crois pas ?

Puis elle conclut :

— Tu vois, rien n'est bête dans la nature, bien au contraire !

FIN DE L'EXTRAIT
du livre
Histoires à lire le soir 3

Découvrez tous les livres pour la jeunesse de Marc Thil, en version numérique ou imprimée, en consultant la page de l'auteur sur internet.

....

Histoire du chien Gribouille

• Arthur, Fred et Lisa trouvent un chien abandonné devant leur maison. À qui appartient ce beau chien ? Impossible de le savoir. À partir d'un seul indice, le collier avec un nom : Gribouille, les enfants vont enquêter. Mais qui est le mystérieux propriétaire du chien ? Pourquoi ne veut-il pas ré-véler son identité ? Et la petite Julie qu'ils ren-contrent, pourquoi a-t-elle tant besoin de leur aide ?

• Une histoire émouvante qui plaira aux jeunes lecteurs de 8 à 12 ans.

....

Le Mystère de la fillette de l'ombre

(Une aventure d'Axel et Violette)

• Axel a bien de la chance, car Tom le laisse conduire sa petite locomotive sur la ligne droite du chemin de fer touristique. Il est vrai que la voie ferrée, en pleine campagne, est peu fréquentée. Ce matin-là, tout est désert et la brume monte des étangs. Mais quand Axel aperçoit une fillette sur les rails, il n'a que le temps de freiner !

Que fait-elle donc toute seule, sur la voie ferrée, dans la brume de novembre ? Pourquoi s'enfuit-elle quand on l'approche ? Pour le savoir, Axel et son amie Violette vont tout faire afin de la retrouver et de percer son secret.

• Une aventure avec des émotions et du suspense qui pourra être lue à tout âge, dès 8 ans.

....

Le Mystère de la falaise rouge
(Une aventure d'Axel et Violette)

• Axel et Violette naviguent le long de la falaise sur un petit bateau à rames. Mais le temps change très vite en mer et ils sont surpris par la tempête qui se lève. Entraîné vers les rochers, leur bateau gonflable se déchire. Ils n'ont d'autre solution que de se réfugier sur la paroi rocheuse, mais la marée monte et la nuit tombe... Au cours de cette nuit terrible, un bateau étrange semble s'écraser sur la falaise.

Quel est ce mystérieux bateau et où a-t-il disparu ? Quel est l'inconnu qui s'aventure dans la maison abandonnée qui domine la mer ? Axel et Violette vont tout tenter afin de découvrir le secret de la falaise rouge.

• Une aventure avec des émotions et du suspense qui pourra être lue à tout âge, dès 8 ans.

....

Le Mystère du train de la nuit

(Une aventure d'Axel et Violette)

• Un soir de vacances, alors que la nuit tombe, Axel et son amie Violette découvrent un train étrange qui semble abandonné. Une locomotive, suivie d'un seul wagon, stationne sur une voie secondaire qui se poursuit en plein bois. Pourtant, deux hommes sortent soudainement du wagon qu'ils referment avec soin.

Que cachent-ils ? Pourquoi ne veulent-ils pas

qu'on les approche ? Et pour quelle raison font-ils le trajet chaque nuit jusqu'à la gare suivante ? Aidés par la petite Julia qu'ils rencontrent, Axel et Violette vont enquêter afin de percer le secret du train mystérieux.

• Une aventure avec des émotions et du suspense qui pourra être lue à tout âge, dès 8 ans.

....

Vacances dans la tourmente

• À la suite de la découverte d'un plan mystérieux, Marion, Julien et Pierre partent en randon-
née dans une région déserte et sauvage. Que cache
donc cette ruine qu'ils découvrent, envahie par la
végétation ? Que signifient ces lueurs étranges la
nuit ? Qui vient rôder autour de leur campement ?
Les enfants sont en alerte et vont mener l'en-
quête...

• Une aventure avec des émotions et du suspense

pour faire découvrir aux jeunes lecteurs (8-12 ans) le plaisir de lire.

....

40 Fables d'Ésope en BD

• *Le corbeau et le renard* ou *La poule aux œufs d'or* sont des fables d'Ésope, écrites en grec il y a environ 2500 ans. Véritables petits trésors d'humour et de sagesse, les écoliers grecs les étudiaient déjà dans l'Antiquité.

Aujourd'hui, même si en France, on connaît mieux les adaptations en vers faites par Jean de La Fontaine, les fables d'Ésope sont toujours appréciées dans le monde entier. Les 40 fables de ce livre, adaptées librement en bandes dessinées, interprètent avec humour le texte d'Ésope tout en lui restant fidèles : les moralités sont retranscrites en fin de chaque fable.

• Un petit livre à posséder ou à offrir, pour les lecteurs de tous les âges, dès 8 ans.

....

Histoire du petit Alexis

• Quand on a neuf ans et qu'on n'a plus de famille, la vie est difficile... mais le petit Alexis est plein de ressources et d'énergie pour trouver sa place en ce monde.

• Une histoire courte et émouvante, accessible aux plus jeunes lecteurs.

....

Made in the USA
Las Vegas, NV
26 September 2021

LEGENDS (in their own lunchbox)

Chaz: Superbarf Surprise

James Roy & Dean Gorissen

capstone
classroom

capstone
classroom

Legends (in Their Own Lunchbox) is published by Capstone Classroom
1710 Roe Crest Drive
North Mankato, MN 56003
www.capstoneclassroom.com

Library of Congress Cataloging-In-Publication data is available on the Library of
Congress website.

ISBN: 978-1-4966-0239-8

This edition of *Chaz: Superbarf Surprise* is published by arrangement with Macmillan
Publishers Australia Pty Ltd 2013.

Photo credits: iStockphoto.com/marlanu, **44**

This book has been officially leveled by using the F&P Text Level Gradient™
Leveling System.

Printed in China

CONTENTS

MEET the Characters

I'm Chaz.
I love cooking,
though not
everyone loves
what I cook!

I'm Toby, Chaz's best friend. Chaz definitely has weird ideas about what to put in sandwiches.

I'm Chaz's dad. There's never a dull moment when Chaz is in the kitchen!

Chapter 1
The Challenge

"Look, Mom!" Chaz waved a piece of paper under Mom's nose.

"What is it?" she asked. "Are you going on a field trip?"

Chaz shook his head. "Better than that."

Chaz gave Mom a letter from his
school.

Aston Park Public School
presents:

THE JUNIOR SUPERCHEF COMPETITION!

Monday, April 15th

Who can enter?
Everyone!

What can you cook?
Anything you want!

"What a great idea!" Mom said. "A cooking competition!"

"Yeah," said Chaz. "Just like *Junior Superchef* on TV."

Dad didn't even look up from his paper. "What are you going to cook?" he asked.

"I don't know yet," Chaz said. "But it'll be amazing."

Dad licked his thumb and turned the page. "We'll see," he said.

"Why does Dad think I'm a bad

cook?" Chaz asked Mom later.

"He doesn't think you're a *bad*
cook," Mom said. "He just thinks
you're ... unconventional."

"What does *that* mean?"

"Unconventional? It means that
you try lots of new things. Like that
apple crumble you made last week."

"We were out of apples," Chaz
protested. "I had to use something
else instead."

"But why *asparagus*, Chaz?"

Chaz shrugged. "Apples and asparagus are both green."

"*That's* what Dad means by unconventional," Mom explained.

Chapter 2

The Rules

"Are you going to do the *Junior Superchef* competition?" Chaz asked Toby at school the next day.

"No way!" Toby said. "And you shouldn't either."

Chaz frowned. "Why not?"

"Because you're a terrible cook."

"I am not!" said Chaz. "I'm a *great* cook! I'm unconventional! And I always make my own special sandwiches for lunch!"

"So what did you put in your sandwich today?"

"Honey."

"And? What else?"

"Cheese. Honey and cheese."

"What else?"

"Beets. And sardines. But that's all. It tasted great!"

"Honey, cheese, beets, and sardines in a sandwich," said Toby.

He pretended to throw up.

"You'll never win *Junior Superchef* with something like that!" he said.

"I know, but I'm going to make something much fancier than a sandwich."

"Like what?"

"I haven't decided yet," Chaz said. "But it's going to be amazing. You'll see."

The next day, Ms. Lawson asked the class, "So, who's planning to enter *Junior Superchef*?"

Most of the kids raised their hands.

"That's great. It should be lots of fun. Yes, Chaz?"

"Do we do the cooking at school?" Chaz asked.

Ms. Lawson shook her head.

"No, we'd like you to cook your dish at home the night before, then bring it to school for judging. But it has to be your own work! No cheating!"

Chapter 3

The Secret

That night Chaz did some work. He took down all the cookbooks from the kitchen shelf and went through them, one at a time.

It wasn't long before he had books scattered everywhere.

Dad came in. "Planning your menu?"

"Just looking for ideas. I can't decide between something sour or something sweet."

"How about your asparagus crumble?"

VIKING TREATS

COOK NOW

COOK NOW

Tasty!

20

Dad chuckled. "I'm sorry. I shouldn't tease you. But you're so excited. I love it."

"Not as much as you're going to love my prize-winning dish," Chaz said.

That night Chaz watched *Superchef* to get more ideas.

One of the contestants was a big lady with a red, sweaty face and scared eyes.

She carried out a bowl of noodles and put it in front of the three judges.

The tall judge with the handkerchief around his neck went first. He chewed, looked up, then put the fork down.

"I like the way you've balanced the four Asian flavors," he said. "Sweet, sour, salty, and spicy. Any time you put those four together, you have a certain winner."

"Aha!" said Chaz, writing in his little notebook: *Sweet + sour + salty + spicy = WINNER!*

"I've got it," Chaz told Toby the next day. "With this secret, I'll definitely win the *Junior Superchef* competition."

"What's your big secret?" Toby asked.

"If I tell you, it won't be a secret any more. You'll just have to wait and see like everyone else."

"I can't wait," sighed Toby.

Chapter 4

The Ingredients

That Sunday morning Chaz walked
down to Mr. Santo's grocery store.

Mr. Santo was stacking cans of
tomatoes.

"Hi there, Chaz," he said. "What do
you need? Do you have a list?"

"I don't need a list," Chaz replied.
"It's all up here, in my head."

Chaz worked hard in the kitchen that night.

"What are you making?" Mom asked.

"A cooking sensation!" Chaz said. "It's a sure winner!"

"But what *is* it?"

"I don't have a name for it yet," Chaz said.

Then Dad came in. He didn't say anything. He just looked at the messy countertop, raised his eyebrows, and walked back out.

At school the next morning, everyone else's dishes looked great. Cakes and cookies, casseroles and quiches.

One of the girls had even brought along a whole lobster, with fancy sauces dribbled around the plate.

"Well, they all look kind of boring," Chaz said. "Not like my masterpiece!"

Toby lifted the lid on Chaz's
container. "Hmm," he said.

"Come on, Chaz," Ms. Lawson
said. "We're about to start."

"Should I plate my dish?"
Chaz asked.

"Go ahead," Ms. Lawson
said.

Some of the other kids giggled, and one girl even made an awful noise in her throat. "What is *that*?" she asked, as Chaz began to serve up his dish.

"That," said Chaz proudly, "is my latest creation."

Chapter 5

The Masterpiece

The judges were Ms. Lawson, Mr. Adria from the library, and Mrs. Child, the principal. They went slowly along the line of dishes, asking what they were, taking tiny tastes, and writing in their notebooks.

At last they came to Chaz.

"What is this, Chaz?" Mrs. Child asked.

"It's an Asian fusion dish," Chaz said.

Mr. Adria frowned. "Does it have a name?"

"I call it 'sweet-and-sour salted spice surprise.'"

"Ah!" said Ms. Lawson. "The four flavors of Asian cuisine! Well done, Chaz!"

Mrs. Child leaned closer to the dish.

She sniffed,
and prodded
it with a spoon.
"What's
in it?"

"Condensed
milk," Chaz said.

"Sweet," nodded
Mrs. Child.

"Lemon juice,"
Chaz went on.

"Sour."

"Potato
chips.
Barbecue
flavor,
for extra
zing."

"Salty.

And for the spice?"

"Curry powder. Then I mashed it up and chilled it overnight. I'm very happy with the result."

"I see," said Mr. Adria, who looked a little scared. He picked up three spoons and scooped up a blob of the surprise with each of them.

Then he handed one spoon to each of the other judges and took a deep breath. "Well, I suppose we should taste it."

Mrs. Child was the first to throw up. She clutched at her throat and

made a sound like a dying seagull.

Then she lurched in the direction
of the nearest trash can, but didn't quite
make it.

Instead, she sent a stream of pale
vomit down the sleeve of
Mr. Adria's shirt.

He barely noticed.
He was too busy
guzzling water
while his face
turned bright red.
"Hot! Hot!
It's hot!"
he gasped.

Ms. Lawson saw the stream of barf, then did the same thing. Her cheeks went in and out as she tried not to

throw up, but in the end, she couldn't hold it back.

Chunky, slimy vomit oozed between her fingers and down the back of Mr. Adria's neck.

Of course, once the teachers started throwing up, so did the kids. One after another, they grabbed their stomachs and ran for the bathroom.

Chaz and Toby just stood there and watched.

"Yep, that was amazing," Toby said.

"How weird," Chaz said. "It must have been something they ate. Maybe that lobster. Or Mandy Lu's chicken curry. Did you see it, Toby? It looked disgusting!"

"So, did you win *Junior Superchef*?" Dad asked that evening.

"No," Chaz replied. "But my dish sure got a lot of attention."

"Good for you," said Mom. "I'm sure it was amazing."

"It was," Chaz said. "Actually, I've got plenty of ingredients left over. How about I make you my sweet and sour salted spice surprise for dinner?"

Chaz's Email

From: chaz@litols.com
To: mario@litols.com
Sent: Sunday, April 20
Subject: Junior Superchef contest

Hi Mario,

How's your new skateboard? Last week I entered a cooking contest. My dish was perfect! It was sweet, sour, salty, and spicy all at the same time. But my masterpiece didn't win the contest. The judges were too busy throwing up to award the prizes. It must have been from eating Mandy Lu's chicken curry.

Here's a photo of my creation!

Laters
Chaz

MORE LEGENDS!

Want to find out
about my next
Superchef
adventure?
Read my next book!
Here's what happens...

Chaz is making his
own mayonnaise.
But he's missing
a few important
ingredients. It's okay,
since he (thinks he)
knows so much
about cooking ...

Meet the Author

Some good things about James Roy's childhood: getting to grow up in exciting places like Fiji and Papua New Guinea, owning as many books as he could possibly read, having the world's biggest banyan tree in his back yard, and getting pretend-shipwrecked from time to time. Some bad things: falling out of the world's biggest banyan tree, and almost getting shipwrecked for real. Find out more at: www.jamesroy.com.au.

Meet the Illustrator

Dean Gorissen has illustrated a number of picture books, as well as writing his own. He began his drawing career specializing in cowboys and ducks, then moved on to spaceships and astronauts. He now illustrates, writes, and designs for lots of people all over the place.

Read all the books in Set 1